RÉSUMÉ

DE

XXI OBSERVATIONS-TYPES

DES

PRINCIPALES MALADIES TRAITÉES

PENDANT LA SAISON 1876

A

FORGES-LES-EAUX

(Seine-Inférieure).

PAR

Le Docteur Ch. THOMAS-CARAMAN

Médecin de l'Établissement thermal

———❖———

PARIS

DÉPOT PRINCIPAL DES EAUX-MINÉRALES NATURELLES

De Forges-les-Eaux (Seine-Inférieure)

163 BOULEVARD MALESHERBES, 43

DÉPOT PRINCIPAL

DES

EAUX MINÉRALES NATURELLES

DE

FORGES-LES-EAUX

SEINE-INFÉRIEURE.

43, boulevard Malesherbes, 43.

A Paris

Avis. — On trouve au même dépôt toutes les *eaux miné-rales naturelles* françaises et étrangères aux prix les plus réduits.

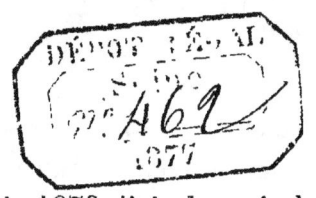
Pendant la saison de 1876, j'ai observé chez presque tous mes malades, et quelques jours après le commencement de la cure :

1° La digestibilité parfaite des eaux à tel point que les personnes les plus faibles en ont supporté des doses relativement considérables. (Voir observation XVII).

2° Une augmentation remarquable de l'appétit ;

3° Une sédation très-sensible du système nerveux chez toutes les personnes atteintes de nervosisme, troubles hystériques, de manifestations nerveuses réflexes ou directes provenant de lésions utérines-compliquées d'anémie.

4° Une amélioration notable de l'état général. (Les forces augmentent, la marche est plus facilement supportée ; les joues deviennent roses ; le regard plus franc, moins maladif, etc., etc.)

5° Une action particulière et constante sur les reins ou les centres nerveux régulateurs de la fonction urinaire, action qui se traduit par des émissions fréquentes et très-abondantes, relativement à la quantité de liquide ingéré. Cette propriété caractéristique, due probablement à la combinaison de l'acide crénique avec l'oxyde de fer, explique l'efficacité de ces eaux dans le traitement de la gravelle, efficacité reconnue depuis la guérison du cardinal de Richelieu. (Lire aussi l'observation XV.)

6° Depuis que je tiens le cabinet de consultation de l'établissement de Forges-les-Eaux (Seine-Inférieure), j'ai vu vingt à vingt-cinq dames, stériles depuis plusieurs années, devenir enceintes, puis accoucher. Je me propose de faire plus tard un travail intéressant à ce sujet. (Voir les observations XX et XXI.)

Dans ces quelques pages, j'ai exposé un résumé des observations qui peuvent être considérées comme les types des genres de maladies traitées à Forges.

Ces renseignements suffiront, je l'espère, pour édifier messieurs mes confrères sur la valeur et l'efficacité de ces eaux, sans rivales en France.

Un des grands avantages de cette antique ville d'eaux est de se trouver reliée à Paris et à Dieppe par le nouveau chemin de fer dont elle est une station importante. Forges peut être aussi considérée comme le centre d'un arc de cercle dont les rayons iraient au Havre, à Étretat, Fécamp, Saint-Valéry et Dieppe.

Comme les malades anémiques, soit par maladies utérines, fausses couches, accidents (gastralgie, leucorrhée, palpitations, etc.), liés à l'état chlorotique, et par-dessus tout les femmes nerveuses hystériques ; comme tous les malades, dis-je, dont l'état s'aggrave par suite de l'influence de la *mal'aria* des grandes villes, se trouvent très-bien de l'emploi des eaux et du séjour de Forges, sa situation exceptionnelle permettra aux médecins de prescrire à leurs malades d'y aller passer une première saison et de se rendre ensuite aux bains de mer.

Janvier 1877.

N. B. Plusieurs réformes utiles, améliorations et constructions de grande importance vont être faites pour la saison prochaine ; la salle d'hydrothérapie sera reconstruite de fond en comble. Il y en aura deux nouvelles considérables avec piscines à eau courante.

Avis important. Forges-les-Eaux est dans le département de la Seine-Inférieure. On le confond quelquefois avec Forges-les-Bains, qui n'a pas de sources minérales proprement dites, mais un asile de convalescence pour les enfants appartenant à l'Assistance publique.

CLINIQUE

DE

FORGES-LES-EAUX

(Seine-Inférieure)

OBSERVAVION I.

Nervosisme. — Tic nerveux. — Gastralgie.

Mlle X..., Hollandaise, 18 ans. — Tic nerveux des muscles de l'œil droit et de la joue du même côté. — État nerveux caractérisé par des absences, de l'abattement, de fréquents changements d'humeur sans motif. — Frissons et légère boule hystérique, avec sensation de constriction à la gorge. — Pâleur de la peau. — Anorexie; vomissements le matin et deux heures après les repas. (A suivi traitements divers par analeptiques et BrK... etc., etc.)

Traitement à Forges. — Eaux et douches froides complètes.

Résultats. — 7e jour. — Appétit assez bon, vomissements moirs fréquents, humeur plus égale. — Pas d'accès nerveux. Tic persiste.

14e jour. — Le mieux se continue. — Plus de vomissements. Tic moins fort.

21e jour. — La malade très-contente part avec son père pour Trouville.

OBSERVATION II.

Hystérie. — Gastralgie. — Nervosisme. — Règles irrégulières.

Mlle X..., 17 ans. (Malade envoyée par M. le docteur Demarquay.)

Dysménorrhée. — Règles irrégulières. — *Gastralgie.* — Pica, malacia. — *Nervosisme.* — Accidents hystériformes; pleure et rit facilement. — Face pâle, bouffie. — Répond avec indolence; paraît somnolente, etc., etc. (A suivi traitements toniques divers.)

Traitement. — Eaux et douches froides avec jet.
Résultats. — 7ᵉ jour. — Appétit bon. — État nerveux plus satisfaisant; moins sensible, moins impressionnable. OEil plus franc, joues colorées.
14ᵉ jour. — Appétit normal, crises nerveuses de plus en plus rares.
21ᵉ jour. — État général très-satisfaisant; règles surviennent sans grandes douleurs.

OBSERVATION III.

Mal'aria des grandes villes. — Nervosisme. — Anémie.

Mme X... (Malade envoyée par M. le docteur Duchaussoy.) — Nervosisme. — Anémie. — Anorexie. — Règles très-abondantes. — *Vrai type de la mal'aria des grandes villes.* Constipation invincible; resterait dix jours sans se présenter à la garde-robe.

Traitement. — Eaux et douches froides.
Résultats. — 7ᵉ jour. — Appétit meilleur. — Sommeil moins agité, calme relatif, pas de crises ni de secousses nerveuses; la malade se sent plus maîtresse d'elle-même.
14ᵉ jour. — La malade enchantée de son état prend deux douches par jour.
21ᵉ jour. — Elle quitte l'établissement en bonne santé; elle appréhende de rentrer à Paris, mais son commerce ne lui permet pas de trop longues absences.

OBSERVATION IV.

Accès épileptiformes. — Alcoolisme.

M. de X..., 50 ans environ. (Malade envoyé par M. le docteur Marquézy.) — Anémie. — Excès alcooliques antérieurs. — Attaques épileptiformes surtout la nuit. — Dyspepsie, anorexie, etc.

Traitement. — Eaux. — Bains tièdes de 20 minutes, ne veut pas prendre de douches froides.

Résultats. — 7ᵉ jour. — Meilleur appétit. — Pas d'attaques.

11ᵉ jour. — Forces plus grandes ; appétit convenable ; les nuits se passent sans agitation.

21ᵉ jour. — Le malade retourne à son château avec plus de forces, enfin un mieux persistant.

OBSERVATION V.

Pertes séminales nocturnes et diurnes.

M. X... (Malade envoyé par M. le docteur Barth.) — Anémie, adynamie. — Pertes séminales nocturnes et diurnes et pendant les efforts de la défécation. — Impuissance. — Erections nulles depuis un an et demi. — Gastralgie.

Traitement — Eaux. — Douches générales, ascendantes et périnéales.

Résultats. — 7ᵉ jour. — Appétit revenu ; pas de pertes séminales depuis deux jours.

14ᵉ jour. — Etat général très-bon ; une petite perte le 7ᵉ jour.

21ᵉ jour. — Pas de pertes depuis le 9ᵉ jour. — Fait une deuxième saison et part guéri.

OBSERVATION VI.

Fausse couche. — Hémorrhagies. — Anémie aiguë.

Mme de X... (Malade envoyée par M. le docteur Campbell.) — Il y a deux mois fausse couche. — Métrorrhagies après ; quelques pertes encore au moment de son arrivée. — *Anémie aiguë*, hydrémie. — Actuellement palpitations. — Gastralgie. — Bouffissure de la face et des paupières ; œdème des jambes qui, le soir, sont comme des poteaux. — Marche très-difficile ; pas pendant cinq minutes sans s'asseoir. — Leucorrhée. — Douleurs de ventre et reins. — Points névralgiques un peu partout. — Anorexie.

Traitement. Eaux et bains tièdes de 20 minutes.

Résultats. — 6ᵉ jour. — Œil plus animé. — Joues légèrement colorées. — Peut marcher de un quart d'heure à vingt minutes. — Appétit bon. — Jambes moins enflées le soir. — La malade se sent revenir petit à petit.

14e jour. — Malade marche une heure en faisant deux petites pauses, et d'un pas plus rapide. — Palpitations moindres. — Elle remarque avec joie que ses ongles redeviennent rosés. — Bouffissure aller des joues disparue, encore œdème le soir.

21e jour. — Marche pendant deux heures avec trois petites pauses.

Peu ou pas d'œdème des malléoles le soir. — Chairs fermes; plus de palpitations ni de leucorrhée. — La malade quitte Forges pour aller à Trouville.

OBSERVATION VII.

Métrorrhagies par fausse couche. — Anémie aiguë.

Mlle X... (Malade envoyée par M. le docteur Marchal de Calvi.) — Anémie aiguë, suite de fausse couche, compliquée de métrorrhagies. — Beaucoup de rapport avec malade précédente.

Traitement. — Eaux ; bains de 15 minutes. — Douches froides à la fin.

Partie dans un excellent état de santé.

OBSERVATION VIII.

Hémorrhagie suite d'épulis. — Anémie aiguë.

Mlle X... (Malade envoyée par M. le docteur Demarquay.) —-Anémie aiguë, suite d'épulis. — Anorexie. — Leucorrhée.

Traitement. — Eaux, bains, puis douches.

Résultats. — Malade partie dans de bonnes conditions. — Forces revenues. Appétit id., plus de leucorrhée.

OBSERVATION IX.

Albuminurie. — Hydrémie.

Mme X... (Malade envoyée par M. le docteur Barth.) — Adynamie. — Pâleur, œdème et bouffissure de la face et des paupières. — Jadis albumine dans l'urine. — Marche très-pénible.

Traitement. — Eaux, bains.

Part au bout de 21 jours avec une amélioration telle qu'elle revient huit jours après pour affermir sa guérison.

OBSERVATION X.

Ulcères scrofuleux. — Fistules depuis trois ans.

M. X..., 18 ans. (Malade envoyé par un confrère de Paris dont j'ai oublié de porter le nom sur mes notes.) — Depuis trois ans abcès scrofuleux multiples se terminant par fistules ou ulcérations tendant à envahir les couches profondes. — Scrofulides. — Par places chéloïdes cicatricielles. — Pas de renseignements sérieux sur père et mère ni ascendants.

Actuellement. — Ulcères sus et sous-sternaux à droite et à gauche au niveau du muscle sous-clavier. — Dans ces points trous où l'on fourre force charpie. — Foulard au cou et mentonnière pour cacher ces lésions très-désagréables à voir. — État général assez bon.

Traitement. — Eaux. — Bains, gymnastique et douches froides Un bain le matin, une douche dans l'après-midi.

Résultats. — Après une première saison, fistules et ulcères cicatrisés. Pour assurer la guérison, le jeune malade fait une deuxième saison avec intervalle de huit jours entre les saisons.

OBSERVATION XI.

Carie de l'humérus. — Gastralgie. — Anémie.

Mme X... (Malade venant du Havre.)

Gastralgie. — Anémie. — Carie de l'humérus droit remontant à deux ans. — Mouvements d'élévation du bras et de flexion de l'avant-bras impossibles. — Ceux de pronation et de supination s'exécutent facilement.

Traitement. — Eaux et bains.

Résultats. — Malade partie le 27 juillet dans les conditions suivantes : Plaie fermée, bonne cicatrice, peut porter la main droite à la tête et le bras presque horizontalement. — État général très-satisfaisant.

OBSERVATION XII.

Entérite chronique. Diarrhée depuis dix-huit mois.

M. X... (Malade envoyé par M. le docteur Portefaix.)

Jadis albuminé; puis sucre dans les urines. — Depuis un an et demi, diarrhée rebelle à tout traitement. — Plusieurs selles le jour et la nuit. — Adynamie. — Face pâle bouffie. — Anorexie.

Traitement. — Eaux, bains, douches.
Résultats — 7ᵉ jour. — Appétit meilleur. — Encore selles la nuit.
14ᵉ jour. — Une selle par nuit, une le jour.
21ᵉ jour. — Pas de selle la nuit depuis quatre jours.
Resté une seconde saison et revient à Paris en bonne santé.

OBSERVATION XIII.

Gastro-entérite chronique. — Anémie des pays chauds.

M. X..., officier démissionnaire.

Gastro-entérite; suite de séjour prolongé dans les pays chauds. (Algérie et Mexique.) Anorexie. — A son arrivée prend un seul repas par jour. — Fréquentes diarrhées par indigestion. Ballonnement et douleurs de la région épigastrique *post prandium.* — Insomnie.

Traitement. — Eaux; bains.
Résultats. — Trois jours après l'appétit se réveille. — Le soir besoin de manger. — Digestions assez bonnes.
7ᵉ jour. — Le mieux s'accentue; le malade fait deux bons repas.
14ᵉ jour. — Plus de diarrhée. Bon appétit.
21ᵉ jour. — Le malade part enchanté.

OBSERVATION XIV.

Purpura Hemorrhagica. — Hémorrhagies gingivales.

M. X... (Malade venu d'après les conseils de MM. les docteurs Barth et Hardy.) — Purpura hemorrhagica. — Hémorrhagies gingivales.

Traitement. — Eaux, bains, douches.

Résultats. — 7ᵉ jour. — Hémorrhagies peu abondantes, le matin seulement. — Sur nos recommandations le malade a soin de ne pas mâcher d'aliments trop durs, de tremper un peu son pain, de couper sa viande peu cuite par morceaux assez petits et de l'avaler pour ainsi dire.

14ᵉ jour. — Etat général satisfaisant. — Les forces reviennent. Encore deux petites hémorrhagies. — Les taches purpurines ont en partie disparu.

21ᵉ jour. — Malade part dans de bonnes conditions.

OBSERVATION XV.

Gravelle urique. — Calculs. — Coliques néphrétiques.

M. X... (Malade venant d'Alger après quinze jours d'arrêt à Paris.) — C'est son troisième voyage à Forges. Anémie ancienne. — Coliques néphrétiques depuis 10 ans. — Gravelle urique. — A même rendu précédemment depuis qu'il fait usage des eaux de Forges, plusieurs calculs assez gros. — Phénomènes nerveux directs et réflexes.

Ce malade arrive à Forges dans de mauvaises conditions; il fait difficilement le chemin de son hôtel à l'établissement et courbé sur lui-même, mais pas en deux cependant. — Il reprend le traitement de l'année dernière.

Au bout de huit jours il se sent plus fort, urine abondamment et prévoit une expulsion prochaine (*sic*). Enfin trois ou quatre jours après, il me fait appeler à son hôtel; il a eu une crise qu'il décrit très-bien, et accuse la sensation d'un corps cheminant profondément presque le long de l'axe du corps; enfin il rend le lendemain par l'urèthre un calcul gros comme un petit pois allongé. — Les jours précédents lithiase urique et d'urates très-abondante.

Le 14ᵉ jour il reparaît à l'établissement; il marche avec beaucoup plus de facilité, se tient bien plus droit. Enfin il repart, la saison terminée, pour revenir l'année prochaine.

OBSERVATION XVI.

Ataxie locomotrice.

M. X... (Malade envoyé par des médecins de Paris et de Rouen.)

Ataxie locomotrice nettement accusée. Ce malade suit le même traitement depuis trois ans qu'il vient à Forges.

Cette année, il peut presque marcher sans canne, les yeux à demi fermés. Il garde facilement son équilibre lorsqu'il cesse de marcher. Il lance peu la jambe en avant en faisant le pas.

OBSERVATION XVII.

Mlle X... (Malade envoyée par le professeur Béhier). — Jeune fille de 18 ans. — Chlorose-Aglobulie. Teint jaune cireux. — Yeux atones. — Appétit nul. — Crampes tétaniformes après les repas. — Muqueuses presque blanches. — Palpitations, suffocations. — Marche très-difficile, pour ne pas dire impossible; chevilles très-gonflées. — Névralgies et maux de tête persistants. (La malade a suivi depuis deux ans tous les traitements ferrugineux sans succès aucun.)

Traitement. — Eaux ferrugineuses graduées; douches quelques secondes. — Au bout de 15 jours état général meilleur. La malade peut manger un œuf et une noix de côtelette, très-peu de pain.

Un mois après marche facile, teint rosé, appétit bon, digestion passable.

La jeune malade part très-contente. Elle continue les eaux ferrugineuses et l'élixir Boutigny, excellent tonique à base de quinium et de coca du Pérou.

Cet élixir n'est pas encore livré au commerce il n'a été employé qu'à l'établissement thermal.

Doses : un petit verre à liqueur après les repas pour une personne adulte.

La jeune malade part très-contente. — Elle continue les eaux ferrugineuses et l'élixir Boutigny. — Elle revient faire une deuxième cure à Forges-les-Eaux, l'année suivante. — Depuis elle s'est mariée.

OBSERVATION XVIII.

Fièvres intermittentes. — Ascite. — Anémie extrême.

Mme X... 33 ans. — Malade envoyée par trois médecins de Paris, d'Amiens et de sa ville, consultés pour elle successivement. — Anémie lente datant de 4 ou 5 ans. — Dyspepsie, gastralgie. — Rate considérable. — Foie gros. — Accidents paludéens. Ascite assez considérable, 4 à 5 litres; en a eu plus. — Maigreur très-grande. — Forces nulles, peu d'appétit. — Teint plombé. — Diarrhée chronique intermittente. — A consulté plusieurs célébrités médicales de Paris. — Est envoyée à Forges-les-Eaux (Seine-Inférieure, et non Seine-et-Oise). — Elle a fait deux saisons.

Traitement. 1re Saison. — Eau minérale. — Bain d'un quart d'heure tous les deux jours. — Elixir-Boutigny, demi-verre à liqueur quatre fois par jour (après les repas et dans d'intervalle).

Après vingt jours, peu d'eau dans le ventre. — Teint meilleur. — Embonpoint notable. — Marche facile.

2e Saison. Eau minérale. — Douches froides. — Elixir, un verre à liqueur après chaque repas. — Mme X'** part en très-bonne santé qui s'est maintenue depuis :

Est revenue l'année suivante dans un état splendide.

OBSERVATION XIX.

Anesthésie des mains et des pieds.

M. X. . de Paris (malade envoyé par le professeur Dolbeau). — Excès antérieurs de toutes sortes. — Albuminurie grave aiguë ayant duré 6 mois. — Aujourd'hui un huitième d'albumine en volume dans l'éprouvette. — Paralysie des extrémités, mains et pieds. — Œdème, bouffissure, anémie chronique. — Marche péniblement avec béquilles. — Force musculaire assez grande encore; peut se tenir debout en prenant un point d'appui. — Passe deux saisons.

2e saison. — Eau minérale. — Douches froides. — Elixir un verre à liqueur après chaque repas. — Mme X*** part en très-bonne santé, qui s'est maintenue depuis.

Est revenue l'année suivante dans un état splendide.

1e saison et eaux minérales. — Douches froides.

2e saison. — Se tient debout sans prendre de point d'appui, fait même quelques pas sans aide ni béquilles. — Vers la fin de la 2e saison marche avec une canne et peut même danser un quadrille. Depuis je l'ai vu à Paris se promenant comme toute personne bien portante.

OBSERVATION XX.

Stérilité. — Dysménorrhée. — Ovulation nulle.

Mme X... mariée depuis cinq ans; pas d'enfants, mari vigoureux bien bâti. — Mme est maigre, grande sèche, peu réglée, quoique assez régulièrement, mais avec dysménorrhée. — Leucorrhée muqueuse, quelquefois muco-purulente. — Fait trois saisons pendant trois années consécutives.

Traitement. — Eaux minérales. — Douches générales. — Douches vaginales périnéales et bain de siége à eau courante. — Elixir-Boutigny après chaque repas. — Fausse couche après la 2ᵉ saison, grossesse après le troisième acouchement normal. — Bel enfant.

OBSERVATION XXI.

Stérilité. — Adiposité générale. — Ovaires gras.

Mme X... mariée depuis 8 ans; mari bien constitué; pas d'antécédents vénériens; femme grande, très-forte, très-grasse, très-bouffie, extrémités fines. — Système osseux peu développé. — Marche avec peine et va toujours en voiture, sa position de fortune le lui permettant. — Leucorrhée très-abondante, surtout pendant et après le coït. — Quelques granulations du col; ovaires gras. — Règles pâles, quoique faciles. — A fait trois saisons à Forges-les-Eaux, et fait constamment usage de la Reinette dans l'intervalle.

Traitement. — Eau minérale. — Douches froides générales. — Douches vaginales, périnéales, bains de siége à eau courante.
Entrainement progressif. — Alimentation réglée, pesée malgré l'appétit de la malade. — Après la première année elle maigrit de 10 livres environ ; de 15 après la seconde année et de 12 après la troisième saison. Grossesse le deuxième mois qui suit son départ de Forges-les-Eaux ; n'a pas eu de fausse couche. — Enfant bien portant.

DÉPOT PRINCIPAL

DES

EAUX MINÉRALES NATURELLES

DE

FORGES-LES-EAUX

SEINE-INFÉRIEURE.

43, boulevard Malesherbes, 43.

A Paris

AVIS. — On trouve au même dépôt toutes les *eaux minérales naturelles* françaises et étrangères aux prix les plus réduits.

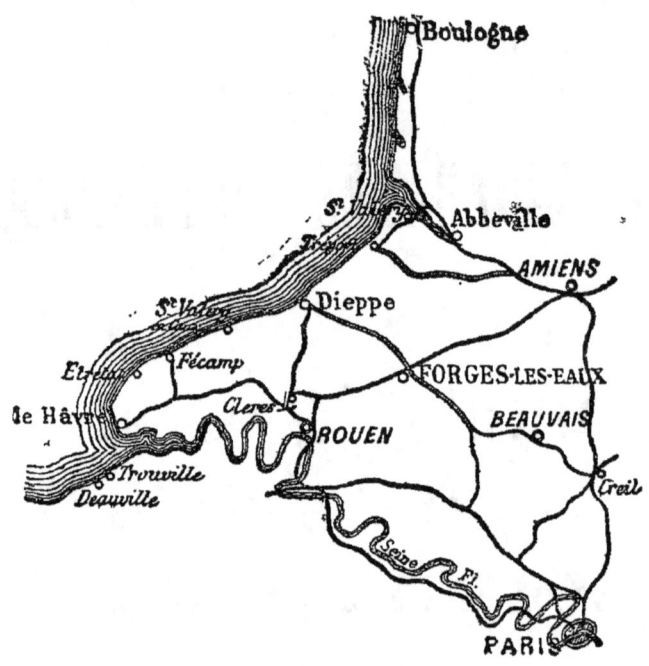

— 9036 Paris. Imp. Jules LE CLERE et Cⁱᵉ, rue Cassette, 29.

www.ingramcontent.com/pod-product-compliance
Lightning Source LLC
Chambersburg PA
CBHW061436170626
46811CB00005B/2297